KB062084

물 위에 씌어진

시작시인선 0131 물 위에 씌어진

1판 1쇄 펴낸날 2011년 7월 15일
1판 3쇄 펴낸날 2015년 7월 30일
개정판 1쇄 펴낸날 2016년 10월 12일
개정판 2쇄 펴낸날 2022년 11월 28일
지은이 최승자
펴낸이 이재무
책임편집 김연필
디자인 이영은
펴낸곳 (주)천년의시작
등록번호 제301-2012-033호
등록일자 2006년 1월 10일
주소 (04618) 서울시 중구 동호로27길 30, 413호(묵정동, 대학문화원)
전화 02-723-8668
팩스 02-723-8630
홈페이지 www.poempoem.com
이메일 poemsijak@hanmail.net

ⓒ최승자, 2016, printed in Seoul, Korea

ISBN 978-89-6021-297-8 04810
      978-89-6021-069-1 04810(세트)

값 9,000원

물 위에 씌어진

최승자

천년의
시작

시인의 말

*이 詩集의 詩들 전부가 정신과 병동에서 씌어진 것들이다.

*독자들은 갑자기 튀어나오는 神, 神할애비 등에 놀랄 수도 있겠다. 거기에는 이유가 있는데 자세한 얘기는 할 수 없고, 노자와 장자를 계속 읽다가 마주치게 된 기이한 우연이라는 말만 더 보태자. 그렇긴 하지만 神, 神할애비 등이 중요한 것은 아니다. 노자와 장자에 있어서 더욱 중요한 것은 (神마저) 빠져나갈 수가 없는 초거대물리학, 초거대집단심리학이다.

*쓸쓸한 날에는 장자를 읽는다. 쓸쓸한 날에는 노자보다 장자가 더 살갑다. 그러나 더 쓸쓸한 날에는 장자도 有毒하다. 세상을 두루 살펴보아도 장자의 없음으로써 있는 그림 떡이 있을 뿐 그것을 능가하는 어떤 금상첨화적인 게 없기 때문이다. (나는 아름다움에 대해 말하고 있다. 아름다움이 없으면 삶은 쓸쓸해진다. 왜냐하면 아름다움의 다른 이름은 기쁨이

므로) 그렇게 쓸쓸해 할 때의 나는 始源病에 걸린 나이다.
정신분열증 환자가 始源病이라는 또 다른 증세까지 겹쳐 앓
고 있는 셈이다. 그래서 그런 날에는 술을 천천히 마신다.
始源을 그리워하면서. 눈에 보이는 꽃들이 어제 생겨난 듯
하고 동시에 천만년 전부터 그렇게 환하게 피어 있는 듯한
순수와 환희를 가득 풀어 줄 어떤 始源性을 그리워하면서
술을 천천히 마시는 것이다.

(하루 낮에도 천국과 지옥을 오락가락하는 게 詩人이 아니
더냐)

차 례

시인의 말

해설

물 위에 씌어진 1

현존재, 하루 낮 하루 밤 같은 것
현존재, 흐르는 바람 같은 것
그 위로 질펀한 울음 같은 것
(파열하는 푸른 바다)

현존재, 안으로만 흐르는 물결
현존재, 물 위에 씌어진 꿈
현존재, 물 위에 다시 씌어지는 꿈

(하나씩 둘씩 사람들이
숲 속으로 걸어 들어간다
그리고는 다시 돌아오지 않는다
그때 비로소 피어오르는
하이데거적 존재의 향기)

물 위에 씌어진 2

현존재는 저마다 하나의 항구여서
밀물 썰물 수시로 들락거려도
존재는 먼 등대 위로
홀로 비상하는 자유의 갈매기

(허공 저 멀리
구름 산수화 한 점
아득히 흘러가고 있다)

물 위에 씌어진 3

꿈인지 생시인지
사람들이 정치를 하며 살고 있다
경제를 하며 살고 있다
사회를 하며 살고 있다

꿈인지 생시인지
나도 베란다에서
화분에 물을 주고 있다

(내 이름은 짧은 흐느낌에 지나지 않았다
오 명목이여 명목이여
물 위에 씌어진 흐린 꿈이여)

(죽음은 작은 터널 같은 것
가는 길은 나중에야 환해진다)

아침 햇빛, 코스모스, 다람쥐

오늘은 아침 햇빛이 넘보라살이다
아침부터 누가 죽어 가고 있는 것일까

인간은 왜 행복하면 안 되는지
그 신비를 묻고 물으면서
누군가 또 죽어 가고 있는 것일까

이 존재의 댄스, 굼벵이 댄스

그래도 아침 햇빛, 코스모스, 다람쥐,
사물에 부딪치고 부딪쳐
가볍게 떠오르는 깊은 무의식들
보이지 않는 처절한
그러나 때로는 아름다운

비트겐슈타인은 세계는 사물들의 총체가 아니라
사실들의 총체라고 말했지만
詩人들에게는 사물들의 총체가 이미 세계이고
사실들의 총체는 이미 지옥이다

(사실들로부터 사물들로 뛰어오르라고
아침은 아침마다 다른 아침이 된다)

하늘 도서관

오늘도 하늘 도서관에서
낡은 책을 한 권 빌렸다
되도록 허름한 생각들을 걸치고 산다
허름한 생각들은 고독과 같다
고독을 빼앗기면
물을 빼앗긴 물고기처럼 된다

21세기에도 허공은 있다
바라볼 하늘이 있다

지극한 無로서의 虛를 위하여
虛無가 아니라 無虛를 위하여
허름한 생각들은 아주 훌륭한 옷이 된다

내일도 나는 하늘 도서관에서
낡은 책을 한 권 빌리리라

나는 평범한 詩人인지라

나는 평범한 詩人인지라
아직도 풍덩풍덩 잘 빠집니다
이 세계는 너무도 여실한 꿈이어서
그 꿈에 풍덩풍덩 빠져 헤부적거립니다

아늑한 현재는 어째서 언제나
아늑한 과거를 깔고 앉아 있으려 하는지
과거가 그렇게도 아늑한 똥진창인 줄도 모르고

한겨울 눈밭 위
굶어 얼어 죽는 까마귀가
그리울 때도 있습니다
그러나 나는 평범한 詩人인지라
아직도 풍덩풍덩 잘 빠집니다
그 속에서 헤부적 헤부적거립니다

(겨우살이
바람살이
울다 갑니다

그래도 속상할 것은 하나도 없어서

겨우살이
바람살이
울다 갑니다

나는 평범한 詩人인지라)

슬펐으나 기뻤으나

슬펐으나 기뻤으나
그래도 할 일이 없어 오른 山
오른발을 東에 두고 왼발은 西에 두고
굽어보고 굽어봐도
슬펐으나 기뻤으나의 그림자들일 뿐
세상은 간 곳 없고 부풀어 오르는 먼지뿐

가을 山 국화꽃 하나 웃길래
오른발은 西에 두고 왼발은 東에 두어 봐도
발아래는 여전히 세상살이의 먼지뿐
먼지 자욱한 그 속에서
어디에다 내 집을 지을까

이 꿈도 아닌 저 꿈도 아닌 그사이에서
이 꿈도 이데올로기요, 저 꿈도 이데올로기인 그사이에서
어디에다 내 집을 지을까

망량*

한 형체가 절벅절벅 걸어가는데
그 그림자와 망량이 서로 싸운다
의식은 확실하게 걸어가는데
무의식 속의 무의식이 무의식에게
자꾸 싸움을 걸어온다

망량아 망량아
이 세상의 붉은 홍등가가
그렇게도 서러웠니?
한 점 흰 하늘이 없어서
그렇게도 서러웠니?

(이 세계史와 저 세계史 사이를
찔뚝 팔뚝 걸어갑니다)

● 망량: 그림자의 그림자라는 뜻.

메마른 생각들만이

우주는 생각들로 가득 차 있다
그 생각들로 슬슬 젖어 가는 게 인류라는 것을
사람들은 잘 알지 못한다
우주는 생각들로 가득 차 있다
우주는 생각들의 비雨로 가득 차 있다

한때 비 내렸었건만
이미 비 지나가고 또 오건만
비에 젖은 줄도 모르고
걷기만 하는 사람들

메마른 생각들만이
허허롭게 걸어다니는 이 거리

비가 와도 왔다가는

비가 와도 왔다가는 쉬어 가는데
죽음에서 삶을 그려 내지 말라

눈이 왔다가도 쉽게 쉽게 떠나는데
有限에서 無限을 그려 내지 말라

가치 있는 것은 그냥 값진 것일 뿐
비교와 대조의 모사품은 아니니

눈이 오든 비가 오든
죽음에서 삶을 그려 내지 말라
有限에서 無限을 그려 내지 말라

天道에서 人道로 바꾸지 말라

58세 내 고독의 構圖

고독은 끄려 하면 낱낱이 흩어져 보이지 않는다
고독은 먼지처럼 편재한다
그것은 58세 내 고독의 구도,
부르봉 왕가 태생도 어쩔 수가 없다

이 풍경의 구도 속으로 누가 흠칫 발을 들여놓는다
그림자도 없는 누군가가 발을 들여놓는다
그리고는 칠판에다 써 놓는다
'See things as they really are'

그러나 나는 reality를 정반대로도
읽을 수도 있는 시인이다

그리하여 虛한 시간들이 밀려온다
삶도 죽음도 없는, 有無를 넘어선
虛虛가 밀려온다 無無의 총체를 넘어선

道可道 非常道*를 노래했던 사나이는
저 초월의 虛에도 불구하고
질펀하게 쏟아지는 현실의 虛를

어떻게 바라보고만 있었을까
그것은 그가 虛를 道로 대체시켰기 때문이 아닐까

(폐허로 오시라 나의 아씨들이여
더욱 슬퍼하기 위하여 오시라 내 詩의 아씨들이여
고독과 슬픔은 한 뿌리에서 나오는 것을)

● 노자의 『도덕경』의 첫 구절.

또 빠집니다

(쓸쓸한 밤
비어 있는 자리들마다의 황량함
누우런 먼지들)

(20세기의 드라마는
무궁무진 쓸쓸하였다
앞서 간 네 발자국 잘 자라고 있구나)

(빠집니다 빠집니다
또 빠집니다
달아나는 老子의 발목을 붙잡습니다
나는 詩人이올시다)

어느 날 어느 날

노자의 눈물과
장자의 한숨 사이에서
나는 숨을 죽인다
어느 날 그 숨이
더 깊이 가라앉을 수 있도록

(한 모랭이 지나면 다른 하늘
그러나 이미 정다워지는 하늘
두 모랭이 지나면 또 다른 하늘
그러나 이미 언젠가 남모르게
꿈꾸고 꿈꾸었던 하늘)

(어느 날 어느 날 인류는 분명
토악질을 하기 시작하리라)

눈 내리는 날

네가 부처라는 소리도 들었고
you are Christ라는 글도 읽었고
누구 누구가 부처이고
누구 누구가 그리스도이건 간에
오늘은 소록소록 쌓여 가는 눈雪이 즐겁다
소보록 소보록 쌓여 가는 눈이 고맙다
단순한 이 한 풍경이 이렇게 즐거울까
즐거우니 너네들이 부처다
즐거우니 너네들이 그리스도다

(하늘 나라 물결 소리
이가 시리다)

태어나는 것도 아니고

태어나는 것도 아니고
죽는 것도 아니어서

오늘도 北海의 물고기 하나
커다란 새 한 마리 되어
하늘 구만 리 솟구쳐 오르고

걱정하지 마 걱정하지 마
속살 속살 눈 내리는 밤
멀리서 침묵하고 있는 대상들이
이미 우리 가운데 그윽이 스며 있다

포항시 뭉게구름 氏에게

풍요로운 5월의 짐을 싣고서
강의 하류 바다의 첫 어귀에서
하늘 저편으로 떠나가는 커다란 뭉게구름

그는 육체성 없는 공간이다
만선의 돛을 펼친 그러나
하염없이 두둥실한
육체성 없는 공간이다
하지만 그의 슬픔 그의 아름다움은
아주 만만치가 않아서
눈 내리는 山寺에도 출입하고
송가가 울려 퍼지는 성당에도 출입한다

그는 늘 아름다움으로 슬프다
그것이 그의 **빼어난** 아름다움이다

나목들

한 사내가 한 평 땅을 파고 있다
자식들을 먹여 살리기 위해 땅을 팠듯
죽은 후의 자신을 위해 열심히
한 사내가 땅을 파고 있다
해가 지는지 달이 뜨는지도 모르는 채
평생을 기울여 한 평 땅을 파고 있다

(겨울 산비탈의 나목들
하늘을 할켜 잡으려는 헐벗은 손들)

(하늘이 있었는데
하늘보다 가까운 하늘이 있었는데)

神이 있는 풍경 1

1.
산이 맑다 하늘이 맑다
남쪽의 어떤 사람들은 늦은 오후
뭉게구름 한 접시를 먹으며
북쪽의 눈(雪)을 그리워한다

그들의 접시에 神이 알맞게
뭉게구름을 더 담아 주고 있다

2.
세월이 세상이고 세상이 시간인
그러나 낯선 풍경 속에서
우리는 낯설게 만났다가
낯설게 헤어진다
우리는 잠시 빛났다가 어두워진다
우리는 흐려졌다가 더욱 흐려진다

그럴 때면 神이 가녀리고 여리게
비올롱을 연주해 준다

神이 있는 풍경 2

여한이 없는 그의 노랫가락 소리 들린다
씻을 손 다 씻었으므로 여한이 없는
그의 노랫가락 소리 들린다
다만 우리가 여한을 갖고 있을 뿐이다

(우리 사이의 이 연민의 바다)

(하염없는 그대 하염이 없어 슬픈 그대)

神은 오후에 하늘은 밤에

詩는 가장 여리고
詩는 가장 맹독성이다
언제나 詩人은 순간을 영원처럼
영원을 순간처럼 노래하고
오늘의 어느 詩 영화관에서는
죽음이냐 영원이냐
주검이냐 연기냐 등을 상연하고 있다

(神은 오후에 더욱 명료해지고
하늘은 밤에 더욱 파래진다)

걸뱅이 神할애비

걸뱅이 神할애비는 구걸하고
구걸했더니라 이렇게 해 줍시고
저렇게 해 줍시고, 그의 승무 춤은
깊고 깊었더니라
그는 춤쟁이였고 그러나 몸이 없어서
그는 의식의 춤쟁이였던 것일 게다
즐거운 날에는 그도 우리도 즐거워하지만
그의 무수한 노력 끝에 매달려 있는
우리의 즐거움을 잊지 말자 그 앞에서는
우리의 슬픔은 뿌리가 없다 줄기가 없다

말씀이 머흘고 머흘러서

한 풍경을 울고 있는
애달픈 그의 한 생애
아바이 동무
神할애비 동무

저를 볼 줄 아는 山이
저를 껴안고 운다

(말씀이 머흘고 머흘러서)

아카시아 숲이 흔들린다

아카시아 숲이 흔들린다
바람이 지나간다
그 위로 神할애비가 천천히 지나간다
神할애비 짚신은 천억 년 닳은 짚신이다

아카시아 숲이 흔들린다
바람이 지나간다
그 위로 神할애비가 천천히 지나간다
그의 닳고 닳은 짚신을 꿰매어 주고 싶다

神할애비가 말하길

어느 먼 허공 속으로 나 혼자 빠져들었더니라
거기가 내가 살아야 할 맨땅이었느니라
나 혼자 흘러가야 하는
사막의 달의 세월이었더니라

오늘도 나는 여전히 못 씻을 손을 또 씻으면서
나 혼자 세월 세월 흘러가느니라

오늘 네가 만난 사람들 중에서
가장 불쌍한 사람이 있었다면
그를 神이라 불러다오

(해도 해도 못할러라
가도 가도 못 갈러라)

Godji가 말하길

이 풍경 네가 만든 것이니
이 풍경 네가 네 잣대로 만든 것이니
그 안에서 울고 웃는
네가 우습구나
그 풍경도 幻이지만
네 자신이 더한 幻 덩어리가 아니겠느냐
幻으로 뭉쳐져 있는 게 너희니라

내가 너희에게 말하느니
인간의 文物치고
애닯지 않은 것이 어디 있겠느냐

20세기의 무덤 앞에

우리는 너무 쉽게 죽음을 말한다
뒤에서 우리의 존재를 든든히 받쳐 주는 그림자인 것마냥
먹어도 먹어도 배고픈 환각제인 것마냥

20세기의 무덤 앞에
아직도 양귀비꽃 붉게 타오른다
잊어라 잊어라
잊지 않으면 되살아나리니
잊어라 잊어라 붉은 양귀비꽃,
더욱더 요염하게 피어나기 전에

잊어라 잊어라
죽음의 문명을

어느 날 구름 한 점씩
새로이 피어나는 날들을 위하여

무덤을 파헤치지 말아라

무덤을 파헤치지 말아라
무덤을 작은 풀밭으로 두어라
누구의 기억도 아닌
그저 바람만 살짝 스쳐 가게 하라

역사의 무덤도 문명의 무덤도 시간의 무덤도
더 이상 건드리지 말아라
누구의 호소도 아닌
그저 구름만 잠시 머물다 가게 하라

세상의 무덤이란 무덤은 모두
이름 없는 무덤이 되게 하라
그 위로 누구의 슬픔도 아닌
그저 달빛만 머물다 가게 하라

(그저 꽃 한 송이 고요히
바스러진 듯만 하여라)

돌무덤 이야기

문명이 길게 하품하며 돌아누울 때에
미래파 학자들이 똑똑 노크한다

돌무덤 위에 돌무덤 쌓기였던 역사라도
그냥 그대로 놓아두라고,
그 위에 다른 돌무덤을 쌓지 말라고
중요한 것은 역사가 아니라
우리의 하루 하루의 삶이라고
우리의 미래의 하루 하루라고.

(하늘에서 푸르른 기운이 쏟아져도
돌무덤 쌓기에 바쁜 우리들 맹목의 눈[眼])

(허공에 떠 있는 빈 山 하나
어제 그대로부터 온 그림 엽서)

문명의 겨울

20세기까지의 모든 이데올로기들
떠다니고 있던 모든 부운몽들

개 같은 전쟁들이 지난 후에도
새로운 밀레니엄은
옴찟도 꼼찟도 하지 않는다

그 가운데 無主空山
비인 달이 비치고

하늘로 간 밤배는
無主九天
어느 허공을 유랑하고 있을까

흘러가지 않는

이 세상, 흘러가지 않는 풍경
코스모스 한 잎 두 잎 흔들렸을 뿐
새 두어 마리 짹짹거렸을 뿐
사위에 무슨 시원한 흔들림이 있었을까
역사에 무슨 후련한 물줄기들이 있었을까

슬픔도 없어 슬퍼진 이 세계
건너갈 다리도 없고 건너올 다리도 없는
흘러가지 않는 이 풍경, 이 세상
슬픔도 남아 있지 않아
남은 누룽지 슬픔까지 다 먹어 버리고서
입 떡 벌리고 울고 있는 이 文明

(슬픔밖에 몰랐던 죄로
행복도 아름다운 음식이란 걸 몰랐던 죄로)

문명이 무덤 무덤처럼 자라서

문명이 무덤 무덤처럼 자라서

we were episodes

we are episodes

we will be episodes

now and forever

we are just dusts.

'Dust in the wind'*

(I am a scandal

just a floating scandal)

● Dust in the wind: Chicago라는 그룹이 부른 유행가 제목.

말馬들이 불쌍하다

나를 버리고 외출할 길은 없을까
남몰래 나를 벗어 버릴 곳은 없을까

거리는 햇빛만 쨍쨍하다
가던 개 한 마리 뒤돌아본다
세 여자아이가 고무줄놀이를 하고 있다

누군가 커튼을 드리운 창문 뒤에서
전쟁에 관한 長詩를 쓰고 있다
그는 50여 개국을 여행한 사나이라고 한다

햇빛은 더욱 쨍쨍해진다
가던 개 한 마리 또 뒤돌아본다
고무줄놀이 하던 세 아이 사라지고 없다

(문명이 문득 울음조차 그친다)

(말[馬]들이 불쌍하다
말들의 튼튼한 엉덩이와 긴 다리가 슬프다)

한없이 여린

'한없이 여린'을 찾고 있다
폭염과 혹한 그 너머에 있는
'한없이 여린'을 찾고 있다

살은 밀랍, 팔뚝은
자동 쇠팔뚝인 현대,
기이하게 눈을 깜박거리며 미소 짓는 현대,
현대라는 이 모조 인형 앞에서,

무수한 화폐들과 깃발들 그 너머에서
어떤 '한없이 여린'을 찾고 있다

먼, 너무도 먼, 너무도 멀어
맥이 닿지도 않는
어떤 始源으로부터 나오는
'한없이 여린'을

2011년 1월

2010년 12월 모일
정부는 명령했다
해는 서쪽에서 떠오르라고

2010년 12월 모일
한 아이는 청계천 냇가에 앉아
찬 물속에서 유영하는 물고기들을
넋없이 바라보고 있었다

2010년 12월 모일
정부는 명령했다
모든 떠돌이 별들은
붙박이별들이 되라고

2010년 12월 모일
달빛 밝은 삼청공원에서
두 어린 연인들은
최초의 키스를 나누었다
그때 바람맞는 잔가지들이
어떻게 수런거리는지를

그들은 듣지 못했다

그리하여 2011년 1월경에는
정부가 어떤 최후의 통첩을
내릴 거라는 소문이 분분해졌다
그런 와중에서 폭설이 무차별적으로 쏟아져
온 세상을 하얗게 터 놓았다

온 세상에 하얀
무정부주의적 시간이 흘러가고 있었다

歷史여 진짜로

세월의 빗물이 떨어지는 소리
술도 없는 깊은 밤
누군가 하염없이 가고 있다
아직 하늘은 캄캄하고……

歷史는 늘 가구가락이었지만
歷史여 진짜로 카라므

서서히 말들이 없어진다

세상이 펼쳐져 있는 한
삶은 늘 우울하다

인생은 병이라는 말도 이젠 그쳤고
인간은 언어라는 말도 이젠 그쳤고

서서히 말들이 없어진다

저 혼자 깊어만 가는 이상한 江
人類

어느 누가 못 잊을 꿈을
무심코 중얼거리는가
푸른 하늘
흰 구름 한 점

(사람이 사람을 초월하면
자연이 된다)

저기 갑 을 병 정이

저기 갑 을 병 정이 걸어간다
하나 둘 셋 넷 구령 붙여 지나간다
저기 봄 여름 가을 겨울이 지나간다
잎 피우다 꽃 피우다……
저기 저기 모든 것들이 지나간다
모든 슬픔 모든 기쁨을 등딱지에 얹고서

오늘 나는 無心히 거리를 걷고 있었는데
어느 有心이 나를 건네다 보고 있었다
그 有心은 말하자면 나를 노려보고 있었다
나는 존재의 허를 찔려 주춤하고 말았다
그런데 그 有心의 이름은 無心이었다

(오늘 죽음의 영수증을 받으러 갔다
'당신의 죽음을 정히 영수합니다')

이 잡음어語의 시간들

이 잡음어의 시간들
떠들어도 떠들어도
배가 고파, 이 잡음어의 시간들

숨 막혀 죽어 가는 남보랏빛 꽃들
끌 수가 없는 이 잡음어의 시간들

누군가의 빈 房에서
책 한 권 고요히 펼쳐졌다 닫힐 뿐

누군가 제가 쓴 침묵의 책
한 잎을 고요히 떨어뜨리며
두 눈을 감을 뿐, 영원히 감을 뿐

도회의 불빛처럼 요요한
이 치명적인 잡음어의 시간들

물은 잘 잠들지만

물은 잘 잠들지만
바람은 잠을 잘 이루지 못한다
西에서 北으로 칼바람이 지날 때
온 집 안이 소리 없이 금이 갈 때
물의 평화는 소문도 없이 깨어진다

오늘 밤 바람의 급습 또한 그러하다

빈 방 안 책상 위의 달맞이꽃
함초롬히 함초롬히 형광 불빛 받으며 노래한다

나는 온 집 안에 페르시아풍의
그윽한 가락들을 풀어놓고서
죽음을 기다리는 척한다

달빛만이 교교할 때
西에서 北으로 칼바람이 지나갈 때

육체 공화국

우리는 다만 육체로서 살고 있을 뿐
육체의 위장과 육체의 눈을 달고 있을 뿐
육체는 먹자 하고
육체는 눕자 하고
육체는 쉬기만 하자 하고
아아 너무도 무거운 이 육체 공화국
어디론가 개종할 만한 마음(心) 공화국은 없을까
세월은 가자 해도
나는 안 가고
그래도 어디인가 개종할 만한 나라는 없을까
아니라고, 아니라고, 안 간다 해도
건망증 걸린 의식은 자주 딸꾹질을 한다
찔뚝 팔뚝 딸꾹질을 한다

의식이 가끔씩 뒷발굽질을 하며 가는
이 육체 공화국, 하아안없이 길다

바람의 편지
—지리산

내 너 두고 온 지
벌써 한 달
바람의 편지도
이젠 그쳤구나

아 내 기억 속에서
푸르른 푸르른

또다시 하루 가고 이틀 가도
내 기억 속에서
푸르고 푸르를

언제나 새로이 쓰여질
아 지리산, 바람의 편지

왜 한 아이가

왜 나는 늘 '한 아이가 뛰어가고 있다'라고
낙서하는 것일까 왜 한 아이는 뛰어가고
있는 것일까 왜 나는 늘 그 구절을 잊지 못하는 것일까
그건 눈 뜨고 꾸는 꿈은 아닐까 그러나 자면서 꾸는
꿈들은 어떤가 그 많은 이상한 꿈들 중에서도
엉성하고 밋밋한 스케치 같은 꿈들,
실루엣에 소리만 나는 꿈들,
인물도 풍경도 없이 사각사각 연필로만 씌어지는 꿈들
한 사물에 소리들만 있는 꿈들
정지되어 있는 화면에 단지 몇 커트의 사진들만
움직이지 않고 들어 있는 꿈들,
빛도 음영도 없이 물 묻은, 아직 스케치조차 못 되는
인물 풍경들로 이루어진 꿈들
그것들은 다 뭐란 말인가
(꿈들에 젖은 머리통이나 흔들어 보자)

자물쇠

자물쇠의 열쇠의
자물쇠의 열쇠의
자물쇠의 열쇠의

말이 넘쳐서 모자라요
아니 모자라서 넘쳐요

삶이 늘 구지궁상일 때에는
Da Da Da Do Do Do만 연주하라
Da Da Da Do Do Do의 리듬 혹은
외침으로만 남게 하라

(때때로 내 주먹이
내 손보다 더 클 때가 있지요)

月下는 연민이다

月下는 연민이다
네 연민이 내 연민을 끌어안고 운다
연민이 깊어지면
숨 막히는 똥통이다
그 똥통으로부터 탈출하라고
낮에는 해가 뜨고
밤에는 달이 뜬다
이 불쌍함을 보시라고 들이미는 것도
연민을 퍼붓는 것도 우리 자신
작용과 반작용이
깊은 똥통 더 깊게 만든다

그리하여 아이~ 아이~ 세월이 간다
목 졸라맨 세월이 아이~ 아이~ 잘도 간다

비가 와 –

비가 와 –
삼천포에 비가 와 –
(사과나무에서 사과 한 알이 떨어질 때
바람은 왜 살짝 멈추는 걸까?)

비가 와 –
삼천포에 비가 와 –
삼천포에서 구룡포까지는 아주 먼 시간
(없는 코스모스들이 왜 늘 마음속에서
흔들리고 있는 것일까?)

비가 와 –
삼천포에 비가 와 –
삼천포에서 모슬포까지는 아주 먼 시간
(그 무슨 메아리들이 왜
아주 아주 멀리서 들리는 걸까?)

비가 와 –
삼천포에 비가 와 –
카페 창가를 다 적시고 있네
넋없이 많은 인생들을 다 적시고 있네

가고 갑니다

하늘은 늘 파아란 해변

한 인간은 누구에게나 하나의 먼 풍경

이 식은 詩 한 사발 속에
나는 무엇을 쓰고 싶은 걸까

역사와 낙서
구름 공장들
민주주의라는 겉멋에 관한
민주주의라는 속맛에 관한 속살거림들

(가고 갑니다
이것도 가고
저것도 가고
가고 갑니다)

詩人들

시절처럼 쏟아지는 별들

빠르긴 비행기가 빨라
아니야 册들이 더 빨라
그중에서도 詩集들이 제일 빨라
詩人들에게서 곧잘
꿈으로 피어나는 그것

식은 죽 하나 먹기로
세상을 잘도 건너는 사람들
신비라는 어머니가 낳은 딸들,
詩人들

비 맞는 한 무리의 낙타들이

어제 비가 내리기 시작했고
오늘도 그치지 않고

비 맞는 한 무리의 낙타들이
젖은 산 하나를 끌고 나아가고 있다

빵이 넘치면 삶이 무의미해지고
그래서 빵 없는 집에 빵이나 갖다 주자고

비 맞는 한 무리의 낙타들이
젖은 산 하나를 끌고 나아가고 있다

나는 다시 돌아왔다

나는 다시 돌아왔다
세상의 모든 나무 그림자들이
한없이 길어지는 오후
나는 다시 돌아왔다

사프란으로 떠난
그녀는 돌아오지 않는다
나는 다시 돌아왔지만
사프란으로 떠난 그녀는
영영 돌아오지 않으려 한다

하지만 바다가 너무 멀면
그 너머 더 멀리에 무슨 섬이 있으리라

(사프란은 세상에서 가장 아름다운 섬입니다
땅길 산길 물길이 없어서
죽음의 보부상들도 닿지 못하는 땅입니다)

사프란으로부터 온 편지

나의 기억은 나의 무덤

당신이 백일몽 하길래
나는 암야몽 했었죠
당신이 취생 취생 하길래
나는 몽사 몽사 했었죠

전설대로 사프란은 아름답습니다

당신이 어여쁘지도 않습니다
당신이 가엾지도 않습니다
당신이 슬프지도 않습니다
당신이 기쁘지도 않습니다

나의 기억은 나의 무덤

당신이 백일몽 하길래
나는 암야몽 했었고
당신이 취생 취생 하길래
나는 몽사 몽사 하다가

그만 끈을 놓아버렸더랬죠

나의 기억은 나의 무덤

그러나 사프란에는 내 무덤이 없습니다
사프란은 넉넉한,
넉넉히 아름다운 섬입니다

PS: 목 졸라매던 기억이, 무덤이, 기억이, 무덤이
    모두 날아가 버렸습니다.
    사랑이라는 말을 잊은 것 같습니다
    like, dislike도 잊어버렸습니다
    아니무스 아니마라는 말은
    아직 잊지 않은 것 같습니다

most famous blue raincoat[*]

산뜻하게 너는 떠나고
밖에는 비가 내리고
나는 옷을 갈아입는다
너 떠난 지 이미 오래지만
나는 늘 현재형으로
'너는 떠나고'라고 쓴다
푸른 우산을 갖고 밖으로 나가기 전에
없는 너를 찾아 나가기 전에 나는
most famous blue raincoat를 듣는다
그 노래에서는 언제나
존재의 서글픈 아름다움이 흘러나온다
산뜻하게 너는 떠나고
나는 블루 레인코트를 걸치고
나가기 전에 다시 한번 듣는다
most famous blue raincoat의 추억을

● most famous blue raincoat: 레너드 코엔이 부른 한 유행가 제목.

穀雨

시간 속의, 시간 속의 의식이
으슬으슬 비를 맞을 때면
나의 온 머리칼을 풀어다오
그러면 철철 비 맞으며 흘러가는
아름다운 다뉴브강이 되리니

곡우에는 언제나
나의 긴 긴 머리칼을 풀어다오
시간의 속수무책 앞에서
아름답게 흘러가는 다뉴브 강물이 되리니

(그러나 그 강물 위를 날아다니는
강 갈매기들은 언제 돌아올 것인가?)

구름 아줌마

(이 세상 긴 시간의
압축의 폭발)

오늘도 새들은 울고
별들은 쏟아지고
그래서 즐겁지가 않느냐고 묻는
한 여자가 있었다
즐거운 노년의 공간에다
열심히 덧셈 뺄셈을 하는
구름 아줌마가 있었다
맨발로 맨발로 가려 하는
구름 아줌마가 있었다

황량한 풍경이다

나의 마술 거울 속으로
한 풍경이 흘러간다
황량한 풍경이다
돛대도 삿대도 없는

그 풍경 너머로 얼핏얼핏
누우런 얼굴들이 떠간다

나는 한 세기를 돌아누워 있었고
그 한 세기 동안 비 왔고 눈 왔고
내 꿈은 정처없이 떠내려갔다
그리하여 오늘도 無事 無事
가여운 달이 서쪽으로 지고 있다

이상한 안개의 나라

내 시야의 안개 속을 걷는다
아니 안개 속의 내 시야를 걷는다
아니 내 시야의 안개 속을 걷는다

그런데 왜 내 시야는 안개로 가득 차 있는가
모든 未知들의 혼란스런 뒤엉킴
내 시야가 먼저인가 안개가 먼저인가
내 시야는 어째서 안개로 번져 가는가

詩人의 시야는 안개를 피워 올리고
詩人은 자신이 피워 올린
안개의 신기루 속을 걸어간다

누군가 어디선가

감각의 무덤이 나였었다
아니 무덤의 감각이 나였었다

언제나 배들은 호올로 떠다니고
먼 심해에서는 검은 비가 내리는데
누군가 어디선가 무덤의 벽을 훑는 소리
아직은 안 죽었다고 무덤의 벽을 훑는 소리

이것이 나인가, 이것이 나인가

나는 이것뿐인가
혹은 다른 어떤 것인가

하룻밤 검은 밤

어느 날 낮은 구름 병석에서의
하룻밤 검은 밤,

온 우주가 검은 밤이었더라
풀어도 풀리지 않는
검은 밤이었더라

그때 누가 자꾸 내 이름을 불러 주더라
죽지 말라고
아직은 살 때라고
누가 내 이름을 불러 주더라

그리고 하루 하루가 구름처럼 흘러가더라

이슬 펜

허공에서 새 몇 마리가
악보를 그리며 날고 있다

(어젯밤의 꿈은 이슬 펜으로 그려져 있었다)

어디서 또 쓸쓸히

쓸쓸히 한 하늘이
떠나가고 있습니다

쓸쓸히 한 세계가
지고 있습니다

어디서 또 쓸쓸히
꽃잎들은 피어나겠지요

바람은 여전히
불어 가고 있겠지요

(전격적인 무궁한
해체를 위하여)

(오늘도 새 한 마리
허공을 쪼아 먹고 있군요)

꿈에 꿈에

꿈에 꿈에
떠날 일이 있더란다
갓신 고쳐 매고
떠날 일이 있더란다

그리하여 오늘 오늘 오늘
내가 죽고
하얀 백지 위에서 노래하던
새 한 마리 포르르 날아가 버리고

꿈에 꿈에
떠날 일이 있더란다
갓신 고쳐 매고
떠날 일이 있더란다

말과 감각의 경제학

황현산(문학평론가)

지난해 겨울, 대산문학상 시상식이 있던 날, 뒤풀이를 끝내고 포항으로 다시 내려가는 최승자를 배웅하며, 나는 그 가냘픈 어깨에 얹었던 손을 다시 거둬들였다. 허공에 뜬 가랑잎을 쥐는 것만 같아 힘주어 붙잡을 수 없었다. 이 욕망의 거리에서, 아무것도 쌓아 둔 것이 없고, 아무것도 기대하는 것이 없는 사람만이 마침내 그 슬픈 어깨를 얻는다고 해야 할까. 끌어안기조차 어려운 이 어깨, 그러나 어쩌면 우리가 마지막 기대야 할 어깨가 거기 있을지도 모르겠다.

최승자가 써 온 시와 살아온 삶은 널리 알려져 있다. 자신의 존재가 잉여물이라고 늘 생각했던 그는 자아를 찾아서, 또는 그 잉여물의 처지를 벗어날 수 있는 합당한 운명을 찾아서 긴 여행을 했다. 그는 너무 멀리 떠나서 다시는 돌아올 수 없는 것처럼 보이기도 했다. 그가 겪은 정신적 위기는 개인적 위기이기만 한 것이 아니라 이 땅의 시가 멀지 않아 감당해야 할 위기이기도 했다. 중년을 넘긴 사람들에게라면 우리의 삶이 가장 불행했던 시기인 유신 시절부터 시를 써 온 최승자가 섭생 치료에서 점성술에 이르기까지 온갖 신비서들을 섭렵하고 거기 심취했던 것은 군사독재 권력이 막을 내리기 시작할 무렵부터였다. 불행 하나가 숨을 죽인 자리에 건강하고 행복한 세상이 기다리고 있었던 것은 아니었다. 최승자 자신의 말을 빌리자면 "칠십년대는 공포였고 팔십년대는 치욕이었다"(「세기말」, 『내 무덤 푸르고』). 그런데 1990년대와 2000년대는? 돌이켜 보면 공포였고 치욕이었던 그 불행은 이름 붙일 수 없는 불행을 가리고 있는 이름 붙일 수 있는 불행이었을 뿐이었다. 유령의 군대와 싸우는 사람들을 상상할 수 있겠는가. 그들 자신이 벌써 유령이 아닐까. 사실 우리의 삶은 시작하기도 전부터 뿌리가 뽑혀 있었다. 뿌리 뽑힌 상태에서 뿌리 뽑힌 제 처지를 의식하는 것은 어려운 일이지만, 불안은 수시로 찾아온다. 욕망이 이 불안을 가리었다. 살아왔던 길을 모두 폐지하고 널따랗게 새로 뚫린, 뚫렸다기보다 침범해 들어온 큰길을 향해 우리를 너나없이 달려가게 하는 이 욕망은 실상 비어 있는 욕망이지만, 그 비어 있음을 가리기 위해서는 또 다른 욕망이 필요했다. 욕망이 욕망을 물고 온다. 달려가는 사람들 속에서 잠시 비켜섰을 때에야, 또는 더 이상 그 발걸음을 따라갈 수 없을 때에야, 문득 사람들은 뿌리도 없이 유령들과 싸우고 있는 제 처지를 곰곰이 생각한다. 최승자는 예의 『내 무덤 푸르고』의 「자본족」에서 "새들도 자본 자본 하며 울 날이

오리라"고 벌써 예언했다. 그날은 재빨리 찾아왔고, 여행하던 최승자는 바로 그런 날들의 한복판에서 우리 앞에 다시 나타났다. 그래서 결과적으로 그의 여행은 "자본 자본"의 노래가 들리지 않는 곳을 찾아 나섰던 일종의 피난 여행이었던 셈이다. 최승자가 이 욕망 시스템에서 비켜 서 있기만 했던 것은 아니다. 이 몸집이 작은 시인은 욕망을 재생산할 수도 없는 처지에서 자신의 욕망을 바람과 돌에 투사하고, 하늘의 별에 투사하여, 우리의 삶이 어떤 형식으로건 삼라만상의 기운과 연결되어 있음을 증명해 줄 머리카락한 올만큼의 기미라도 찾아내려고 애썼다. 그는 욕망의 피안을 보여 주었다.

지난해 최승자의 시집 『쓸쓸해서 머나먼』이 나왔을 때, 사람들은 제 욕망을 누르고만 그 시집 속으로 들어갈 수 있었다. 무엇보다도 말이 줄어들었고, 문장이 짧고 단순해졌으며, 그 낯익은 독기가 확실하게 제거되었기 때문이다. 짧은 호흡을 타고, 독립성이 강하고 투명한 말들이 여기저기박혀 있어서 명사문이 아닌 문장들도 명사문처럼 보였다. 그렇다고 최승자가 관념을 나열하고 있었던 것은 아니다. 그에게 관념적인 것과 실제적인 것이 구별이 없어진 어떤체험이 있었다고 오히려 말해야 할 것이다. 그는 사물들이본디 모습을 되찾아 의미로 충만한 말들, 이제 더 이상 기호가 아닌 말들이 그 의미와 온전하게 결합하는 자리에 들어서 있었다. 물론 이 본디의 사물들 속에 아파트와 자동차를비롯하여 이 문명의 무서운 기계들은 포함되지 않는다. 그

것들은 폐허가 되어 무너져 가는 모습으로 이따금 시에 나타났다. 그는 마치 이 세계가 멸망한 다음 날 아침 그 문명의 잔해들을 바라보고 있는 것처럼 이 세상을 바라보고 있다. 오랫동안 혼란 속에 떠돌고 있던 최승자는 이렇게 자신이 한번도 누리지 못했거나 오래 누리지 못했던 것들이 없어져 버린 듯한 자리에서 관념이면서 동시에 사물인 것들을 만나고 있었다. 우리가 어느 날 잠 깨어 일어나 이 자본주의의 '주어 없는' 욕망들이 송두리째 사라져 버린 아침을 맞게 된다면, 아마 우리도 이 시인처럼 사물을 볼 것이다. 그러나 최승자는 자신의 시상視像을 순진하게 이 문명의 대안으로 제시하지는 않았다. 그에게서 구상과 추상의 결합은 통시성과 공시성이 하나인 시간(또는 무시간)에 대한 인식으로 귀결된다. 오래된 것들과 덜 오래된 것들을 하나도 빠짐없이 현재의 공간에서 다시 만난다는 이 생각은 지금 이 시간의 깊이를 말하기보다 아무것도 해결한 것이 없는 역사의 허무에 대해 더 많이 말한다. 태초에 얼버무렸던 문제들은 지금 또다시 얼버무려야 할 세계의 문제로 남아 있다. 대안은 역사를 전제로 하는데 역사는 어떤 문제도 해결한 적이 없다. 그래서 시인은 이 문명이 멸망한 뒤에나 만나게 될 세계를 '멀리 쓸쓸하게' 바라보면서, 자기 시를 그 세계로 옮겨 놓고 싶어 할 뿐이었다. 최승자는 욕망의 피안에 서 있었다.

　그렇다고 최승자를 이 욕망에서 완전히 벗어난 사람이라고 말하지는 않겠다. 그보다는 오히려 긴 여행의 끝에 가장 하찮은 욕망도 허락되지 않는 자리에 서게 되고 말았다고 말하는 편이 더 옳을 것이다. 지난번 시집 『쓸쓸해서 머나 먼』에서 벌써 보았고, 이제 발간하려는 이 시집에서도 보게 되듯이, 급격하게 줄어든 말들이 그 금지된 욕망을 증명하는 것이라고 말할 수도 있겠다. 최승자는 말의 욕망까지도 허락되지 않는 정황을 「자물쇠」의 마지막 대목에서 이렇게 말한다.

> 삶이 늘 구지궁상일 때에는
> Da Da Da Do Do Do만 연주하라
> Da Da Da Do Do Do의 리듬 혹은
> 외침으로만 남게 하라
>
> ─「자물쇠」 부분

최승자는 낮은 목소리로 절약해서 말한다. 그는 외딴 섬에 조난당한 사람이 마지막 **빵**을 조금씩 아껴서 떼어 먹듯이 말한다. 그러나 중요한 것은 최악의 궁지에 몰린 최승자가 이 궁지에서만 가능한 시를 썼다는 것이며, 욕망과의 나쁜 인연을 욕망에서의 해방으로 바꿔 놓을 수도 있었다는 것이다. 그는 지난해의 시집에서 세상이 멸망에 이른 후에 이 세상을 바라보는 사람처럼 말하였듯이, 이 존재론의 시집에서는 죽음 뒤로 넘어가서 이 세상을 바라보는 사람처럼 이 삶에 관해서 말한다.

道可道 非常道를 노래했던 사나이는

저 초월의 虛에도 불구하고

질펀하게 쏟아지는 현실의 虛를

어떻게 바라보고만 있었을까

그것은 그가 虛를 道로 대체시켰기 때문이 아닐까

　　　　　　　　　　—「58세 내 고독의 構圖」 부분

　'허'를 도라고 말하는 사람은 아직 세상에 희망을 걸고 있
다. 그러나 아직도 욕망이 남아 있는 '58세'에 그 욕망의 표
적을 어디에서도 발견할 수 없는 사람은 '허'를 '도'라고 말
할 수 없다. 다만 어디에도 굽이칠 수 없고, 그래서 어디에
도 걸리지 않는 그 욕망을 조용히 바라볼 수는 있다. 저 "초
월의 虛"가 의지와 훈련에 의해 도달한 자리이기 이전에 이
미 나쁜 운명에 의해 강제된 것이라 하더라도 이 '조용히 바
라봄'에 의해서 '도'의 가치를 얻는 것은 사실이다. 끝내야
할 어떤 일도 없고, 어떤 일도 시작할 수 없는 최승자의 58
세에, 어떤 행위도 의미를 지닐 수 없기에 일체의 행위는 무
위가 된다. 그 무위를 조용히 바라본다는 것은 삶 하나를,
무엇을 위한 것이 아닌 삶 하나를 확인하는 것일 수밖에 없
다. 게다가, 사정을 다 말한다면, 최승자에게 의지와 훈련
이 없는 것도 아니다. 그에게는 타고난 재능과 훈련된 재능
이 있다. 실질 없는 기호의 무덤 속으로 떨어져 버릴 낱말들
하나하나가 구체적인 의미 하나씩을 짊어지게 하고, 생각과
표현 사이에 팽팽한 그물을 설치하여 사실 세계와 관념 세

계를 자유롭게 넘나들며 말로 육체에 자국을 내던 그의 재능은 허무의 벌판에서도 그 효력을 더욱 또렷하게 지닌다. 최소한의 관능도 영접하지 못하는 표적 없는 욕망으로 인색하게 차려 내는 가난한 말의 식탁이 유례없는 다이어트 식탁이 되는 것은 그것이 최승자의 손을 거친 식탁이기 때문이다. 말은 늘 진실에 이른다. 다시 말해서 무위에 이른다. '낙서'를 오직 그 자체를 위한 말이라는 뜻으로 정의한다면 바로 그 낙서에 이른다.

하늘은 늘 파아란 해변

한 인간은 누구에게나 하나의 먼 풍경

이 식은 詩 한 사발 속에
나는 무엇을 쓰고 싶은 걸까

역사와 낙서
구름 공장들
민주주의라는 겉멋에 관한
민주주의라는 속맛에 관한 속살거림들
　　　　　　　　　　　　　—「가고 갑니다」 부분

"하늘은 늘 파아란 해변"이지만, 최승자에게 그것은 휴식의 공간이 아니다. 그것은 다만 변화를 바랄 수 없는 공간이라는 뜻 이외의 다른 뜻을 지니지 않는다. "한 인간"이 모든 사람에게 "먼 풍경"이 되는 것은 그 인간이 누구에게나 망각된 인간이기 때문이다. 가난한 말의 식탁에 놓이게 될 "식은 詩 한 사발"이 풍경에 변화를 주거나, 타인들에게서 욕망의 시선을 끌어모을 수는 없다. "먼 풍경"에 구름을 한 번 피우는 데나 소용될 이 '낙서'가 현실에서 힘을 발휘하거나 역사적 기억이 되어 남을 수는 없다. 그러나 말의 정확한 의미에서의 자유가 또한 거기 있다. 타인이 곧 지옥이라는 말이 사실이라면, 자유는 오직 자신을 위한 이 가난한 언어에서만 가능한 것이 아닌가. 속살거리는 이 '민주주의의 속맛'이 비록 허무의 맛이라고 하더라도 '존재'라는 말이 가장 큰 울림을 얻는 것은 그 "속맛"에서일 것이다. 우리에게 돌아온 최승자를 이해한다는 것은 뼈만 남은 이 가난한 언어 속에 자주 등장하는 '존재'라는 말을 이해하는 일이 된다. 그것은 또한 '허'를 '도'로 이해하거나, 그 역으로 이해하는 일이 된다.

그는 우리에게 돌아왔지만 완전히 돌아오지는 않았다.

사프란으로 떠난
그녀는 돌아오지 않는다
나는 다시 돌아왔지만
사프란으로 떠난 그녀는
영영 돌아오지 않으려 한다

하지만 바다가 너무 멀면

그 너머 더 멀리에 무슨 섬이 있으리라

　　　　　　　　　　—「나는 다시 돌아왔다」 부분

　물론 이 섬은 존재하지 않는다. 시집의 두 번째 시 「물 위
에 씌어진 2」에서 말하는 것처럼, 존재를 항구로 삼아 "밀
물 썰물 수시로 들락"거리는 개별적인 생명 너머에, 존재
그 자체인 존재, 무상하게 출입하는 생명에는 아랑곳도 하
지 않고 "홀로 비상하는 자유의 갈매기"가 있다. 그러나 어
디로 비상하는가. 어디로는 없다. 닿아야 할 자리를 염려하
는 존재는 존재 그 자체에 이르지 못한 존재, 곧 개별적인
생명에 그친다. 사는 일에 급급하게 마련인 그 생명에게 자
유는 없다. 최승자는 "세상에서 가장 아름다운 섬" 사프란
을 "죽음의 보부상들도 닿지 못하는 땅"이라고 설명하지만
(「나는 다시 돌아왔다」), 그 섬은 사실상 생명과 그 욕망 너머의
땅, 곧 죽음의 땅이다. 우리에게 완전히 돌아오지 않은 최
승자는 죽음과 삶의 경계에서, 죽음이라는 맑은 거울에 비
친 우리의 삶을 조용히 바라본다. 시인에게 이 쓸쓸한 바라
보기는 그 쇠약해진 육체의 감각을 가장 경제적으로 사용
하는 방법이기도 하다. 또 하나의 그녀가 사프란으로 떠나
"영영 돌아오지 않으려" 하는 이유는 바로 이 감각의 경제
학에 있다. 시인은 이 경제학으로 많은 것을 본다. 무엇보
다도 그는 예전에 보지 않았던 풍경을 본다. 아침 햇살을,
냉랭하게 푸른 하늘을, 바다에 내리는 비를, "소보록 소보
록 쌓여 가는 눈"(「눈 내리는 날」)을, "만선의 돛"(「포항시 뭉계구

름 氏에게)처럼 펼쳐진 구름을, 아카시아 숲을, 지리산의 바람을, 그는 오직 바라본다. 그는 그 풍경을 그리스도라고도, 부처라고도 생각한다. 감각을 절약해서 얻은 행복이 거기 있기 때문이다.

최승자는 가장 가벼운 육체로, 가장 잘 활용된 감각으로, 인색하게 허락되는 언어로, 간명한 사상으로, 경제적으로 그러나 확실하게 사용되는 시적 선회로, 우리 시대에 가장 투명한 말의 거울을 만들었다. 제 입김으로 거울을 흐려 놓지 않으려면, 호흡을 가다듬으며 천천히 이 시집을 읽어야 한다.